風は春

Miyazaki hiroshi

宮崎洋句集

ふらんす堂

目次

句集　風は春

光粒子

春暁の富士より至る光粒子

黒雲や花はいよいよ花となる

はや山は青ひと色の嵐かな

夕やみの沈澱しつつ秋桜

うしなへば失ふほどに天高し

真青なる空や故郷の時雨思ふ

おほいなるみ空を得たる冬木かな

春雷

春雷の遠に聞こゆる伎芸天

花ふふむ伊賀の窯元香を焚く

工場にサイレンの鳴る花の昼

花万朶棟方板画美術館

新緑の色とりどりのみどりかな

スパイスの瓶並びゐる薄暑かな

若葉してしづかな夜となりにけり

青梅雨の灯さずにゐる匂かな

阿波踊臀まで踵はねにけり

雲割りて光一条稲の花

稲掛けて水平線のさやかなる
にぎはひのみな青空へ文化祭

大いなる冷えに出でたる茶わん坂

歩みゆく道に人なき淑気かな

ゆったりと雪降る時間ものみなに

初時雨

立つ春に心ゆるびていや寒し

水仙の汚るる春となりにけり

帆の消えて霞ばかりの夕映ゆる
昔ほどすいすいごんぼ酸からざる

咲き満ちて人影を見ず花の昼

新緑や鳴かなば鳥美しき

訃音あり二十歳なりけり麦の秋

夏座敷ぽつんと空の蹲

万緑はブロッコリーのごとくなり

浄瑠璃座はねて阿州の旱空

蟻の列近道すればよいものを
みみずみみず大地のにほひ忘れたか

一瞬に東京タワー消す夕立

初萩の咲けるか蝶の舞ふところ

かなかなの鳴けばぼんぼり祭かな

一枚づつ風の剝ぎゆく秋思かな

蓮の実の星と交信してゐたり

秋の日の傾くほどに香りけり

まどろめば腑の内にまで秋の暮

この月に生まれ死ぬなり初時雨

鷹の影大きく去りぬ源氏山

ほろほろと冬日うつろふ窯めぐり

ひところ雲艶やかに冬木立

まつ新な音の落葉の丸の内

たいをんのふとんあたたたむあたたまる

春の灯

鎌倉や江ノ電春の灯を翳し

幾千の奔馬や春の波頭

エンタシスの柱の鯆や鳥の恋
太き枝の伐られたる空花の影

万緑に大欠伸して又眠る

ときをりは花火の見えて志士の宿

桃にほふむかし置屋の青物屋

田を刈りて水平線の円かなる

天空へ棚田を登る曼珠沙華
点景とわれのなりゆく秋日和

糠雨の櫓明りを逝きにけり

月白や鯉のにほへる滑川

酔芙容けふのよき日を握りしむ

本尊は極彩色にしぐれけり

オリオンを枝に掛けたる大銀杏

義仲寺の枯萩花を咲かせをり

綿虫や巴の塚の小さきこと

合戦の山真向ひに懸大根

数へ日をかぞへてけふも海平ら

篝火のはぜたる音も神楽かな

もろびとの初日の顔となりにけり

冷たさのまた新たなり五十鈴川

日脚伸ぶ一筆書の散歩道

春の闇積もりて吾の丈越ゆる

鍬担ぎ春の景色に入りにけり

朝桜仰ぎて何も考へず

花蜜柑海より風のふくらみ来
六月のひとの華やぐ夕べかな

いつ見てもいつも新し梅雨の海

玻璃やがて吾らを映す冷し酒

名月を呑みたる海のあをあをと

透きとほる雲を仰げば初時雨

荒星を眠りてあすは窯開き

虫食ひの木の葉美し京の空

千代の春竹のさやげる音ばかり

千の鴨千の仏や浮御堂

海光を分け合ふ町や日脚伸ぶ

天井の板目をかしき朝寝かな

しづけさや春の埃に夕日差し

半島を離るる雲や真砂女の忌

よき顔や春の夕日を仰ぐひと
幻想にひとは生くとぞ花ふふむ

濠越えて皇城に入る花の雲
モーツァルト去りゆく春を華やかに

東日本大震災

家々の跡に迎火海暮るる

障子少し開けある雨の寂光院

雪降るやまだ見ぬ人を結ぶがに

春来る嘘の小鳥の鳴く駅に

咲き満ちて桜の花の息づかひ
掌に散る花びらの若きこと

うららかやこんな好い日はもう来ない

東京を穀雨の雨の走りけり

翁にも見せたし花の平泉

黒松の片陰の道旧帝大

ゆふやみの底に夕焼の千曲川

松島は松より暮るる鰯雲

鎌倉の滅びし様や枯蓮

はなやかに障子降りくる初明り

一湾の淑気舟なく人のなく

鎌倉はほどよき広さ笹子鳴く

結ばれて結ばれてゆく春の水

春雲や伊州に在すそぞろ神

やなせたかし

水音の春を辿りて骨納

江ノ電の祭の中に傾ぎけり

鎌倉や海へ零るる赤とんぼ

竹垣の華やぐまでに初時雨

大空へ命通はす冬欅

寒きかな目覚むる我にある命

柿の家

風花や桔梗紋の鬼瓦

ふゆあけぼの母のたく火のにほふかな

侘助のうすももいろや妹うまる

たがやすや父にしたがふ鳥の数

売られゆく二匹の子やぎ草青む

かくれんぼの鬼のこされて余花あかり

深息す薫風しばしとどめむと

さみだれやひとりあそびの母のへや

おしおきの闇に干草にほひけり

たからもの持ちより蚊帳の兄妹

牛冷す山の入日をしたたらせ

家の灯のすずしやけふも母は無事

台風や一家こもれるうれしさよ

小春ぞら四十路の母の野辺おくり

暮れのこる追羽根のこゑ妹嫁ぐ

父のなき父の田圃の春景色

柿の木をみな失ひし柿の家

がらんどうとなりたる生家冬日燦

春の家

鎌倉に白帆の咲いて三日かな

冬霞里の荷届く赤福も

時代簞笥早梅の風かよはする

古皿の藍の拡ごる冬座敷

小指ほどの大黒さんの四温かな

料峭や父の作付日記読む

子らの来て珊瑚婚式ミモザ咲く

過去帳は妻の筆なり黄水仙

江の島や明けゆく海をしらす舟

荒海

春雨や睡る母子の息あうて

傘雨忌も過ぎて祭の神田かな

金閣寺水かげろふに灼けにけり

カンヌ

ロゼワインほどの夕焼浜料理

初恋を買ひ戻したる夜店かな

白鷺に水音暮れてゆきにけり

消え際に何か言ひたき花火かな

白萩に朝風かくれゐたりけり

腰越やしこのしろがね笊こぼる

江ノ電や秋風わけて人わけて

二度散りてひと淋しむる帰り花

笑ひ絵を女見にゆく街小春

おたがひの息聴いてゐる梢あかり
かろやかにかぜのふくなりかれのはら

病院へゆきびやうにんとなる二月
くだけては夕日に濡るる春の濤

初恋や椿は傷みやすき花

本郷に唐人笛や朧の夜

花鳥にならむと烏かしこまる
さまざまにひと過ぎにけり老桜

あさくさや万太郎忌のしめりぐせ

ざるそばや風のみえたる古簾

敦忌やゆふかげ満つる雲の内

夕波の引き際秋の生まれけり

ひとひらの木の葉ひとひの守札

冬の日の置き忘れたる温みかな

青空が家をみがける年用意

からつぽの空おほとしの灯をともす

ともりたる窓を見てゐる雪だるま

ハチ公とだまつて春を待ちゐたり

きつともうまみえざるひと芽木の雨

春の山どこかに指揮者ゐるやうな

掛軸の女ほほゑむ目借時

星涼し窯の器も夢を見る

首筋のひんやりとして茅の輪かな

三伏の赤松姿勢正しけり

夏果の沖の白帆や誰が墓標

母若く逝きていちじく残りけり

街へ散る空港バスの良夜かな

葉の先に秋をともすや雨の松

人込みにゐるも安らか日短

歌舞伎座の灯の爛々と憂国忌

春四方の声聴きゐたる子規の耳

をのこみな荒海持てり菜の花忌

箏ときに腰を浮かすや春の雪

春の雪きのふの吾を葬りけり

もう雲に恋をしてゐる夜の新樹

ジャズの夜のみどりの雨のとぎれなく

大川の波のへしあふ祭かな

何するでなく敦忌の日暮にゐ

秋近しインクのにじむ夕爾の句

小さき帆の一列秋へ進むかな

秋簾月の高さに巻きにけり

初硯まづは大きな丸を書く

新しき年輪を成す寒さかな

虞

伏して読む『車輪の下』や草萌ゆる

屋上てふ秘密の世界揚ひばり

通学路の恋を囃せる夕蛙

虞や虞やなんぢを云々目借時

花は葉にまた眸の合うてそればかり

谷若葉弁当指にかくしつつ

新涼のけふ制服の誇らしき

夕空を叩くドラムや文化祭

アインシュタインの弟子たらむ冬銀河

何もせず年取るばかり日記買ふ

卒業写真運よく君のうしろかな

軒氷柱

龍太忌の山むらさきや梅ふふむ

青竹の雪解の水の甘きかな

月影の褥となりぬ落椿

釣人や鳶の高みに山桜

奔り去る水また春に還り来よ
揚羽蝶光と陰を縫ふやうに

老鶯や雲中にして水の里

縁側の麦藁帽子あるじ待つ

銀漢の声となりけり谷の川

蛇笏句碑

霊峰のごとき碑鳥渡る

移りゆく雲の華やぎ軒氷柱

木霊

柏手に目覚むる木霊春曙

ぼたん雪舞ふ大杉のはるかより

夕立や森の千歳のシンフォニー

豊の秋神田に烏帽子見え隠れ

風立つや神も今宵の月の客

霧襖神馬近づき来るらし

宇治橋を歩む靴音冬立てり

赤福のあまさに年を惜しみけり

雪のころ

み仏の小腹ふくよか春の昼

料峭やかはりばんこに麺麭を抱き

此岸彼岸みな花人となる日かな

神輿来てここも神田と知りにけり

万緑よりも大きな風に吹かれをり

七色の鳥語に明くる鑑真忌

海へ入り海をゆすぶる神輿かな

ゆふばえの色の水割夕爾の忌

うす紅のこの雲海のつつむ国

金鉱のいまは灯の山宵涼し

織姫を連れて息子の来りけり
次々と秋の白波手をつなぐ

大花野ひとは独りへ還りゆく

音立てぬ葬送秋の海ひかる

ラグビーのうしろへ托す未来かな

たそがれは息をゆつくり冬牡丹

夕照へ峡の綿虫のぼりゆく

大寒の日差しものみな透きとほる

けふ春が終はる寺山修司の忌

麦秋の風に乗りたる噂かな

目礼ですます仲なり草の花

褒められし言葉いつぱい耳袋

古稀はわが革命の時大どんど
火果てて灰うつくしき冬の昼

せつかちの女や春をたとふれば
オクラホマミキサー春風と手をつなぐ

水かけて窓の五月を洗ひけり

明易のセンターライン潮の香

雲の峰越えて故郷を捨て来しを
オリーブ植ゑて白南風の新居かな

朝焼や水尾幾筋もいくすぢも
海原の時過ぎてゆくヨットかな

セーリング果てて白南風残さる
虫たちの国へ入りゆく家路かな

空よりも川の夕映え冬に入る

三島忌や潮は若き声を出す

落葉してひとりの道のはなやかに
開けず置く障子の影のたのしさよ

女正月長風呂のあと長電話

若さとは眠る力や冬木の芽

長き間で終はる芝居や雪のこゑ

夕焼

寒明の水琴窟の歓呼かな

蜜蜂の働く銀座真砂女の忌

障子けふほのと照りあり西行忌

花満つやこの世に誰もゐなくなり

桜蘂降る貰はれてゆくピアノ

ホースより春夕焼を撒き散らす

白シャツや万太郎忌の風孕む

釣忍もう海風に変はるころ

ウイスキーの氷つぶやく夕爾の忌

ワグナーのやうに雨降る晩夏かな

てのひらは表か裏か新豆腐

人間になりたき犬や星月夜

俯いてスマホの中の文化の日

境界の茶の花父の畑売る

聖夜へと入りゆくテールランプかな

モーツァルトの音量高く初湯かな

冴返る触れたる君の静電気

春風や小犬も我もはにかみ屋

人間をだまつて見てゐる桜かな

養花天らんぷのやうに日を翳し

十薬の八重に守られ一家族

日の恵み享くる形や蓮の花

シャガールの月夜を飛んで家路かな

ラグビーや潮と潮ぶつかれる

小春の帆ゆつたりとして速きかな

小春凪暮るれば胎へかへるとき

夕映ゆるものなかりけり冬の海

ゆく年の海岸線となる尾灯

おほいなる冬青空のうつろかな

春が来てみんなよい子になりにけり

一本の杭に生まるる水の春

凍解の道少年と修道女

芽柳や路地の消えゆく一丁目

月おぼろ悪事の種の生まれけり

鳥の恋伎芸天女の闇うごく

初花や咲くといふより浮かびくる

別れてより花の香りに気づきけり

七本の箒すずしく吊るされて

いつまでも消えぬ夕焼子の産まる

涼しげに子を産むちから誇りけり

風は秋『夕爾の百句』手にとれば

跋

宮崎洋といえば、先ず誰もが無口な人、と思う。何を考えているのだろうかと思うと、不安で声も掛けにくくなる。しかし、質問には的を射た返事がすぐにかえってくる。

彼が「春燈」鎌倉句会に入会したとき、「私は褒められて育つタイプです」と挨拶をした。それ故彼の句を褒めているわけではないが、彼の句には嘘がない。少し嘘を入れたほうが佳くなることもあるが真面目である。真面目すぎるとつまらない句になるが、そこはさすが、「春燈」に入るまで有力な指導者の許で学んできているので、つまらない句など詠むはずはない。褒めるより他なかった。

初硯まづは大きな丸を書く
古稀はわが革命の時大どんど

この句を見たとき、肝の据わった並の人ではないと思った。このところ無口の蓋も少し外れて、ユーモアも飛び出す会話になってきた。これが本来の姿なのかも。

ふゆあけぼの母のたく火のにほふかな
さみだれやひとりあそびの母のへや
母若く逝きていちじく残りけり

思うに無口は、早世した母を恋い慕うしわざかもしれない。

織姫を連れて息子の来りけり
十薬の八重に守られ一家族

春風や小犬も我もはにかみ屋

よき父として嫁の来ることを無防備によろこび、一家を守りつつも、どこかはにかんでいる宮崎洋である。

阿波踊臀まで踵はねにけり
鍬担ぎ春の景色に入りにけり
けふ春が終はる寺山修司の忌
金閣寺水かげろふに灼けにけり
病院へゆきびやうにんとなる二月
障子けふほのと照りあり西行忌
神輿来てここも神田と知りにけり
水かけて窓の五月を洗ひけり

嘘のない句は、年々深みを増している。

鈴木直充主宰の突然の大病に急遽主宰交代となり、宮崎氏に白羽の矢が立った。「春燈」を潰してはならぬとの思いで彼は引き受けてくれた。身にしみて有り難く思っている。

　風は秋『夕爾の百句』手にとれば

鈴木直充著の『夕爾の百句』を手にとり、心引き締めて主宰交代のバトンを受け取ったのだろう。これからも褒めますからね。どうか「春燈」をよろしくお願いします。

令和六年九月

三上程子

あとがき

昭和二十一年創刊、久保田万太郎主宰の「春燈」がまもなく一千号を迎えようとしている。久保田万太郎、安住敦、成瀬櫻桃子の先師より賜った至恩に対してはいくら感謝してもしきれるものではないが、この場を借りて厚く御礼申し上げたい。

また私が直接師事をした安立公彦主宰、鈴木直充主宰には計り知れないほどの俳恩を賜った。御礼申し上げたい。

さて三十年ほどの私の俳句人生において節目節目に恩を蒙った方を紹介し、加えて御礼を言いたい。順不同。

まず故黒田杏子氏。まだ誰からも指導を受けていない初心者のころ、俳句総合誌やＮＨＫの俳句番組に応募した。その時杏子氏になぜかわからないがよく特選に採っていただいた。最初の「光粒子」の章の七句中五句がそうだ。杏子氏がいなかったらその後の俳句人生はなかっただろう。感謝を込めて合掌。

次は故榎本好弘氏。藤沢で句会の指導をされていた。たくさんの俳句関係の著作のある方だ。俳句の基礎を榎本氏から叩き込まれた。「季語の領域を侵してはいけない」「自分で情緒を作ってはいけない」。氏の教えが今も頭の片隅にある。感謝を込めて合掌。

次は長谷川櫂氏。当月の特選の句が一句のみ俳誌の表紙に印刷されていた。あるとき目が釘付けになった。自分の句と分かるまで少し時間を要した。私の句とは季語が異なっていたのだ。応募句は「山滴るブロッコリーのごとくなり」。掲載句は「万緑はブロッコリーのごとくなり」。見事な添削だ。だんぜん景が大きい。感謝。

次は木暮陶句郎氏。初めて知ったのは伊香保焼の陶工としてだった。氏の俳句は古い殻を打ち破り、常に新しい詩情を求める。その姿勢が素晴らしい。またひと月の句会は約二十回にのぼる。その行動力・情熱に感服した。感謝。

次は三上程子氏。春燈鎌倉句会に入会したのが十四年前。不思議なくらい私の句を特選に採ってくださった。若いころだが会社の中の異動のたびに「褒められて育つタイプです」と挨拶した。鎌倉句会入会の際そんな挨拶をしたかどうか記憶にないのだが、とにかく程子さんはよく褒めてくれた。そのお陰で少しは成長できたのだろう。拙句集では選と跋を心よく引き受けていただいた。感謝。感謝。

次は「あぺる」。「春燈」の有志の吟行会だ。将来有望な若手（?）が集った。月一回、東京・神奈川・千葉を吟行した。午前中の和気藹々の吟行と打って変わって、午後は歯に衣着せぬ白熱句会となった。夜は美酒美食を囲んでさらに懇親を深めた。すでに解散したが、殆どが燈下集（同人）となり「春燈」を支えている。「あぺる」の熱く心優しい仲間に感謝。リーダー格の林紀夫氏、久保久子氏、小島昭夫氏に感謝。

最後に浅木ノヱ氏。「最強の戦友は妻」とうそぶく。「内向的であることは真に美的だ」と信ずる私を家から無理やり連れだし、荒野をともに歩まんとする。そのお陰で俳句が趣味になり、やがて人生そのものとなった。戦友に深謝。

他にも恩を受けた方は数多いが与えられた紙数が尽きた。俳恩を受けた方、俳縁を結んだすべての方に感謝。

拙句集上木にあたり、ふらんす堂の皆様に大変お世話になった。紙上を借りて最後に感謝。

令和六年九月

宮崎　洋

著者略歴

宮崎　洋（みやざき・ひろし）

昭和二十六年　三重県生まれ
平成二十二年　「春燈」入会
平成二十八年　「春燈」春星賞受賞
平成三十年　「春燈」燈下集（同人）
令和六年十月　「春燈」主宰就任
俳人協会会員

現住所　〒二四八-〇〇二六
鎌倉市七里ガ浜二―一三―四
hiroshi38zaki@gmail.com

句集　風は春　かぜははる　春燈叢書第一九六輯

二〇二四年一一月一〇日　初版発行

著　者――宮崎　洋

発行人――山岡喜美子

発行所――ふらんす堂

〒182-0002　東京都調布市仙川町一―一五―三八―二F

電　話――〇三（三三二六）九〇六一　FAX〇三（三三二六）六九一九

ホームページ　https://furansudo.com/　E-mail　info@furansudo.com

振　替――〇〇一七〇―一―一八四一七三

装　幀――君嶋真理子

印刷所――日本ハイコム㈱

製本所――㈱松　岳　社

定　価――本体二六〇〇円＋税

ISBN978-4-7814-1709-7　C0092　¥2600E